The STONE CUTTER & THE NAVAJO MAIDEN

Tsé Yitsidí dóó Ch'ikę́ę́h Bitsédaashjéé'

Written by **Vee F. Browne**

Illustrated by **Johnson Yazzie**

Library of Congress Cataloging-in-Publication Data

Browne, Vee.
  The stone cutter and the Navajo maiden / written by Vee Browne ; illustrated by Johnson Yazzie ; translated by Lorraine Begay Manavi. -- 1st ed.
    p. cm.
  In English and Navajo.
  Summary: When the metate, or grinding stone, that Cinnibah uses to grind corn into flour breaks, she sets out on a quest to mend the precious
family heirloom.
  ISBN-13: 978-1-893354-92-0 (hardcover : alk. paper)
  ISBN-10: 1-893354-92-X (hardcover : alk. paper) 1. Navajo Indians--Juvenile fiction. [1. Navajo Indians--Fiction. 2. Indians of North America--
Southwest, New--Fiction. 3. Metates--Fiction. 4. Southwest, New--Fiction. 5. Navajo language materials--Bilingual.] I. Yazzie, Johnson, ill. II. Title.

PZ90.N38B76 2008
[Fic]--dc22
            2006103235

Edited by Jessie E. Ruffenach
Translated by Lorraine Begay Manavi
Navajo Editing by Dr. Evangeline Parsons Yazzie and Berlyn Yazzie, Sr.
Designed by Bahe Whitethorne, Jr.

Printed in China

First Printing First Edition
14 13 12 11 10 09 08 10 9 8 7 6 5 4 3 2 1

The paper used in this publication meets the minimum requirements of the American National Standard for Information Sciences -
Permanence of Paper for Printed Library Materials, ANSI Z39.48-1984.

Salina Bookshelf, Inc.
Flagstaff, Arizona 86001
www.salinabookshelf.com

Dedication

*F*or my children Tye, Delilah, Coty, and Windsong

    Special thanks to my editor, Bernice "Bee" Brown

    And all the students I've had the privilege to work with across the Navajo Nation: Cottonwood Day School, Many Farms High School, Chinle Primary School and High School, Tuba City High School, Greyhills High School, Jeeh Deez'á School, Pinon Community School, Torreon School, Kayenta, Red Mesa High School, Rock Point School, Rough Rock High School, Chinle Boarding School, Nazlini School, and Ganado School District.

— *Vee F. Browne*

*F*or Adele, who provided daily inspiration and encouragement.

—*Johnson Yazzie*

In the deep, deep Dinétah, Navajoland, lived a young maiden named Cinnibah. She lived with her widowed father in a home made of cedar logs and mud called a hooghan. He was a silversmith and a sheepherder who loved wild horses.

One morning before dawn, Cinnibah's father took the flock of sheep to the mountain pasture. He rode on his wild, spotted, dancing pony. While he was gone, Cinnibah decided to make fried bread with a dash of blue miaze flour.

"First I must grind blue corn to fine flour," she said to herself, wiping her hands on her Bluebird flour apron.

❦

Ch'ikę́ę́h łei' Síníbaa' wolyéego Diné bikéyah yii' kééhat'į. Bimá 'ádingo, bizhé'é t'éiyá yił bighan. Bighan éí Chooghan nímazí wolyéhígíí 'át'éé dóó dilk'is yistł'ingo hashtł'ish bita' naaztłée'go bee 'ályaa. Bizhé'é béésh łigai yitsid dóó dibé neiniłkaad dóó łį́į́' da'ałchinígíí bił ayóó 'át'é.

Łah t'ahdoo haiłkaahgóó, Síníbaa' bizhé'é dził bąąh dahootsogóó dibé 'iiníłkaad. Biłé'é yázhí doozhǫǫhii nilį́į́ dóó łikizh dóó dah na'alzhiishgo tádíłyeedígíí bił eeldloozh. Bizhé'é 'ííyáago, Síníbaa' dah díníilghaazh naadą́ą́' dootł'izhí yik'ánígíí ła' biih yijaa'go bił ádeeshłííł niizį́į'.

"'Áltsé 'éí naadą́ą́' dootł'izhí nizhónígo dibahgo deeshk'ááł," níigo Síníbaa' ádił yálti'. Bitéél siltsoozí 'éí 'ak'áán bizis, tsídii dootł'izhí yikáá' sidáhígíí, bee 'ályaago bíla' yee yiyíít'óód.

Cinnibah opened the kitchen cupboard and took out her mother's precious stone, called a metate.

Metates are used to grind corn and other grains into meal or flour. The mano, a smaller stone, is held in the hand and rubbed back and forth to grind the corn or grain.

This particular metate was very special. The stone had been handed down in the family for many generations, and Cinnibah knew it had belonged to her great, great-grandmother long before Cinnibah's mother had given it to her.

As Cinnibah carried the metate to the table, her foot caught on the upturned edge of the goatskin that covered the floor. The metate flew from her hands and landed with a thud on the floor. Little pieces rolled under the potbellied stove.

"Oh no!" gasped Cinnibah. She knelt by the broken metate and placed all the pieces in her tiered, red skirt. "I'll have to find someone to mend this for me," she said.

Cinnibah did not know that grinding stones, once broken, should be returned to the mountainside and never used again.

Síníbaa' łeets'aa' biih ná'nilí 'ąą 'áyiilaa dóó bimá yéę bitsédaashjéé' hayíí'á. Bimá 'éí tsédaashjéé'ígíí bił nilíigo bił ayóó 'át'éego nei'áá nít'éé'. Tsédaashjéé' éí naadą́ą́' dóó 'álástsii' bikáa'gi yik'áago taa'niil dóó 'ak'áán ál'íigi choo'į. Tsédaashchíní wolyéhígíí 'éí tsé t'áá 'áłts'ísí dóó 'áłt'ą́ą́'í. Tsédaashchíní 'éí jótą'go náás dóó nát'ą́ą́' ałnáájísho'go naadą́ą́' éí dóó 'álástsii' bee dajik'a.

Díí tsédaashjéé'ígíí ts'idá 'aláahgo 'ílíigo baa nitsáhákees. Tsédaashjéé' t'áá 'oochíłígíí bik'eh náás bitah yit'áałii 'át'é. Síníbaa' éí tsédaashjéé'ígíí bichó dóó bichó sání yéę daabí nít'éę'go bił bééhózin. 'Éí 'áádę́ę́ yilts'iłígíí Síníbaa' bimá beiyít'á, 'áádóó Síníbaa' bimá beiní'á.

Síníbaa' tsédaashjéé' bikáá' adání yikáá' niidoo'ááł yiniiyé yoo'áałgo tł'ízí 'ilí ni'góó sikaadígíí bibą́ąhjigo deigo yishch'il léi'gi yi'ąh dooltááł. Tsédaashjéé' yéę bílák'eedóó haalts'id dóó ni'jį' naalts'idgo "ts'ibag" yiists'ą́ą́'. Ádaałts'íísígo heestǫ'ígíí béésh bii' kǫ'í bibid dah nímaz łehígíí yiyaa 'adaheezmááz.

"Dooládó' dooda da!" níigo Síníbaa' háázhil. Tsédaashjéé' naalts'id yéęgi nitsídeezgo'go tsédaashjéé' bą́ąh daheestxǫ' yéę t'áá'át'é bitł'aakał łichíí' dóó noot'ishígíí yiih yiyííjaa'. "T'áá háida díí tsédaashjéé' shá hasht'eh ánéidoodlíłígíí ła' hadínéeshtaał," ní. Síníbaa' éí tsédaashjéé' t'áá k'é'éltǫǫhí dził bą́ąhgi ninájíjih dóó doo chonáot'įih daígíí doo bił bééhózin da.

Cinnibah left the hooghan and hiked along the goat trail. She walked for over an hour, until she came to a small hooghan. Outside the hooghan, a tiny grandfather worked with an awl on buckskin.

"Yá'át'ééh," said the grandfather, wiping his forehead with this callused palm. He blew his nose, rubbed his tired eyes, and smiled.

"Where are you coming from?"

"From the west," answered Cinnibah. "I am here because I broke my mother's metate. Can you help me mend the stone?"

Síníbaa' hooghan nímazídéé' ch'íníyáá dóó tł'ízí bitiingóó níyá. T'áá yigáałgo t'áálá'í dóó bi'aan ahéé'ílkid nít'éé' hooghan nímazí 'ałts'íísí léi' yik'íníyá. Tł'óo'gi, hastiin ałts'íísí léi', acheii nilíigo, bee 'ákáda'a'nilí yee 'abaní yinaalnish.

"Yá'át'ééh," níigo 'acheii bílátł'ááhdéé' yéego dich'íizhgo yee bítáa'gi yiyíít'óód. 'Áádóó bíchíįh yiyííłdee' dóó bináá' ch'ééh đeezh'ázhígíí yídiniyishgo, binii' yiyoołdloh. "Háádéé'shą' yínááł?" ní.

"E'e'aahdéé'go," níigo Síníbaa' t'áá' hanáádzíí'.

"Shimáyéé bitsédaashjéé' séłts'ilgo 'éí biniinaa níyá.

Díí tsédaashjéé' shá 'ałhiih nání'níiłgoósh bee shíká 'adíilwoł?"

With his beaded eyes, the grandfather looked at the pieces of stone in Cinnibah's skirt. "I am a Moccasin Maker. I am afraid I cannot help you, my granddaughter." He wiped his hand across his dry mouth. "Perhaps you should visit the Pottery Maker."

Cinnibah looked up eagerly. "Where can I find her?"

"She lives at the edge of the canyon, to the east."

The grandfather handed her a large buckskin pouch.

"Put the pieces in here," he said.

"You will be able to carry it better."

Cinnibah smiled and filled the bag. "Thank you grandfather," she said, turning to the goat trail.

Acheii bináá' áłts'íísígo tsédaashjéé' bizéí Síníbaa' bitł'aakał yee neiyéhígíí yinééł'į́į'. "Shí yee' kélchí 'ííł'íní nishłį́. Níká 'adeeshwołígíí doo bíneesh'ą́ą da, shitsóí." Bizéé' hóółtseigo, t'óó bíla' yee yídeesnii'. "Doo hanii Hashtł'ish Yee 'Ásaa' Ííł'íní baa nínáah da."

Síníbaa' yínéesdlį́į́dgo hanoolne'. "Háadishą' bik'ídeesháał?"

"Ha'a'aahjį́'go, tsékooh yidáa'gi kééhat'į́." 'Acheii 'azis t'áá deeztsxaaígíí dóó 'abaní bee 'ályaago Síníbaa' yeiní'ą́. "Díí tsédaashjéé' bizéí biih ninííł," ní. "Díí bee hazhó'ó naniyée dooleeł."

Síníbaa' binii' yiyoołdlohgo 'azis heidééłbįįd. "Ahéhee', shicheii," níigo naanásdzáá dóó tł'ízí bitiingóó dah náádiidzá.

As Cinnibah drew near the red rock canyon, she entered an area thick with piñon trees. Ravens played their flutes and wrens blew kisses and whistled among the trees. Just when Cinnibah reached the edge of the canyon, a buzzard swooped by. The flapping of its wings startled Cinnibah. She fell down the stairs of red rocks, tearing her skirt and skinning her knees.

"I am bleeding," she whimpered, cradling her knees and crying

"I'm bleeding."

A bent figure suddenly appeared at her side. "Why are you crying, my granddaughter?"

Síníbaa' tséłchíí' bikooh t'áá 'áhánígóó yich'į' yigáałgo, deestsiin bee hodíłch'il léi' góne' dah diiyá.

Tsintahgi gáagii ts'isǫ́ǫ́s yee nidaané nahalingo 'ádaaníí dóó tsídiiłbáhí da'dits'ǫsgo niyídeinisooł nahalingo tsintahgi 'ída'disooł. Síníbaa' ts'ídá tsékooh yidáa'jį' niníyáago jeeshóó' bíighah ch'élk'ih. Jeeshóó' bit'a' yiłbalgo Síníbaa' yiyahodeeshxiz. Tsédaalchí'ígi dah nídahast'ą́ą́ léi' góyaa 'íígo'go Síníbaa' bitł'aakał bits'ą́ą' íídlááad dóó bigod tsįįh yít'óód.

"Dił shąąh háálį́," niigo chah yidisih. Yichago bigod yináznii'.

"Dił shąąh háálį́ …"

T'áadoo hooyání háíshį́į́ níjízhahgo Síníbaa' yíighahgóó yiizį'. "Ha'át'ííshą' biniinaa nichah, shitsóí?" ní.

Cinnibah looked up and hastily wiped the tears from her eyes. "My knees," she gasped. "I mean, oh … do you know where the Pottery Maker lives?"

"You are looking at her," said the grandmother, smiling kindly. "How can I help such a sweet girl?"

"I've broken my mother's metate," said Cinnibah, slowly opening the buckskin bag and showing the broken pieces of stone. "Could you put it back together for me with your potter's clay?"

The Pottery Maker's eyes sparkled. "We'll see! But first, my granddaughter, have a drink of cool water."

"And I must wash those skinned knees for you."

Cinnibah took the pot the grandmother held and drank deeply of the cool spring water. Then she stood up and followed the grandmother up the stone steps out of the canyon. Once back on the rim, they passed a peach orchard and small fields of maize and watermelon. Soon, they arrived at the hooghan.

Síníbaa' hanoolne' dóó tsxį́įłgo binák'eeshto' yiyííłdee'. "Shigod," níigo háázhil. "Jó, shooh … Hashtł'ish Yee 'Ásaa' Ííł'íní kééhat'inígiísh nił bééhózin?"

"Jó 'éí nínííł'į̇," ní 'amá sání, 'ajooba' yee binii' yiyoołdlohgo. "Hait'éego shą' at'ééd ayóo bá hózhóní léí' bíká 'adeeshwoł?"

"Shimá bitsédaashjéé' yę́ę́ sélts'il," níigo Síníbaa' hazhóó'ígo 'azis abaní bee 'ályaa yę́ę́ 'ą̇ 'áyiilaa. Tsédaashjéé' yę́ę́ bizéí bii' sinilgo dah yoołtsos. "Hashtł'ish choiníł'ínígíísh bee shá 'ałhiih nání'níiłgoósh t'áá ná bee bohónéedzą́?"

Hashtł'ish Yee 'Ásaa' Ííł'íní t'óó bináá' bik'i nizdilidgo disxǫs. "Íishją́ą́shį́į́! 'Áłtsé, shitsóí, tó sik'áázígíí ła' nidlá. 'Áádóó nigod tsįįh yít'ódígíí ná táádeesgis."

Síníbaa' amá sání 'asaa' tó yee dah yookááłę́ę néidii'ą̇ 'áádóó tó sik'áázígíí lą́'ígo yoodlą́ą́'. Áádóó yiizį̇'ii' tsé dah nídahast'ánée gódegi 'amá sání yikéé' yigáałgo tsékoohdę́ę́' yił hanásht'áázh. Tsédáa'jį̇' hanásht'áazhgo, didzétsoh bee dá'ak'eh léí' yíighah ch'íní'áázh. Áádóó dáda'ak'eh bii' naadą́ą́' dóó ch'ééh jiyáán t'áá díkwííhígo k'idadeesya' léí'gi yíighah ch'ínáání'áázh.

T'áadoo hodíina'í hooghan nímazídi ní'áázh.

"How beautiful," breathed Cinnibah, as soon as she walked through the door. The hooghan was magnificently decorated with pieces of pottery. On the potbellied stove bubbled a pot of mutton stew; on the low-legged table was a stack of fresh fried bread. Remembering how tired and hungry she was, Cinnibah sat on the floor and wrapped herself in a Navajo rug blanket.

In a few minutes, the Pottery Maker served Cinnibah a bowl of savory mutton stew and fried bread. Cinnibah slowly ate her meal, and then the Pottery Maker mended Cinnibah's skirt and cleansed her knees.

"Dooládó' hózhóní da," ní Síníbaa', t'óó yah ííyáhígo. 'Ásaa' hashtł'ish bee 'ádaalyaaígíí nizhónígo bee hooghan nímazí bii' hahodít'é. Béésh bii' ko'í bibid dah nímazí bikáa'gi 'atoo' dibé bitsį' bił ályaaígíí dah sikáago yibéézh; bikáá' adání wóyahgi si'áá léi' éí bikáa'gi dah díníilghaazh t'áá 'ániidígo 'ádaalyaaígíí siká. Ch'ééh deeyáhígíí dóó dichin yik'ee naagháhígíí yénáalniigo Síníbaa' diyogí 'ák'íideesdizgo yee ni'dóó neezdá.

T'áa díkwíí dah alzhin azlį́į'go, Hashtł'ish Yee 'Ásaa' Ííł'íní 'atoo' ayóó 'áhálniih léi' dóó dah díníilghaazh Síníbaa' yiyaa niiníká. Síníbaa' hazhóó'ígo 'ííyą́ą́, áádóó Hashtł'ish Yee Ásaa' Ííł'íní Síníbaa' bitł'aakał íídláád yę́ęgi yá néískad dóó bigod yá tánéízgiz.

"Now we must talk about your broken metate," said the grandmother, patting Cinnibah's knees dry. "I am afraid I cannot help you. You see, pottery clay will not hold together pieces of stone. However, the Stone Cutter might be able to help you."

Cinnibah swung the buckskin bag over her sore shoulder. "Who is the Stone Cutter? How will I find him?"

"The Stone Cutter is a wise man who knows everything about stones. He lives near Monster Lake. Wait," said the grandmother, following Cinnibah to the door, "I will take you to him."

"Haa'íshą' k'ad éí nitsédaashjéé' sits'ilígíí baa yádiiltih," ní 'amá sání, Síníbaa' bigod yé'áłjołgo. "Níká 'adeeshwołígíí doo shá bohónéedzą́ą da. Jó, hashtł'ish ásaa' bee 'ál'inígíí bee tsédaashjéé' sits'ilígíí 'ałhínízhdiiłjeehgo tsé 'ałts'ádaheestǫ'ígíí doo 'ałhíididoołjah da. 'Áko nidi, Tsé Yitsidí shį́į t'áá yee níká'iilyeedgo yíneel'ą́".

Síníbaa' biwos násdoh nidi 'azis bitsédaashjéé' yee neiłtsoosígíí biwos diniih yę́ę gónaa yik'i dah yidiiłch'ą́ą́lgo 'ání, "Tsé Yitsidí shą' hái 'óolyé? Haashą' yit'éego bik'ídínéeshtaał?"

"Tsé Yitsidí 'éí hastiin ayóo bił ééhózinii nilį́į́ dóó tsé binida'anish bídadéét'i'góó t'áá'át'é bił bééhózin. Naayéé' Bito' hoolyéhídi yíighahgi bighan. "Áłtsé," níigo 'amá sání Síníbaa' ch'é'étiinjį' yikéé' yigááł, "Ákǫ́ǫ́ bich'į' nił deesh'ash."

Cinnibah and the Pottery Maker set off together. Soon they could hear the loud tap … tap … tapping of the Stone Cutter at his work.

"This is the place," said grandmother, gathering her shawl neatly about her.

"I see him!" said Cinnibah, excitedly. "He is making a stone box with his chisel."

Cinnibah and the Pottery Maker hesitantly walked up to the Stone Cutter and held out their hands. "Yá'át'ééh," they said.

"Yá'át'ééh," returned the Stone Cutter, looking surprised. He set down his chisel and shook their hands. Then he motioned for them to follow him to his home, which was built of chiseled red stone.

Síníbaa' dóó Hashtł'ish Yee 'Ásaa' Ííł'íní dah dii'áázh. Hodíina'go 'ayóó 'íits'a'go "ts'ikal, ts'ikal, ts'ikal" yiits'a'go hastiin Tsé Yitsidí naalnishgo yidiizts'ą́ą́'.

"Kwe'é bił haz'ą́," níigo 'amá sání, bidáábalaa nizhónígo 'ádił yizdis.

"Tsé Yitsidí yish'į́!" níigo Síníbaa' bił hóózhǫǫd. "Béésh deeníní tsé bee daatsidígíí choyooł'į́įgo tsé dílkingo 'íílééh."

Síníbaa' dóó Hashtł'ish Yee 'Ásaa' Ííł'íní t'áá yich'į' ni' nilį́į nidi Tsé Yitsidí yaa ní'áázh. "Yá'át'ééh," níigo yich'į' dah diilnii'.

"Yá'át'ééh," ní Tsé Yitsidí, t'óó bił ahayóígo hach'į' t'áá' hanáádzíí'. Béésh deeníní tsé bee daatsidígíí dah yoo'áłę́ę ni' niiní'ą́ą́ dóó hálák'edoolnii'. Áádóó bighangóó bikéé' jidoo'ash hó'níigo bighanjigo há 'ííłchid. Bighan éí tsé daalchíí' yitseedígíí bee 'ályaa.

"Grandfather, can you help me?" asked Cinnibah, as soon as they had entered the cool stone dwelling. "I have broken my family's metate. Without the metate, I cannot grind maize into flour to make bread for my father." She opened the buckskin bag and showed the Stone Cutter the broken pieces of stone. "Could you fix this for me?"

The Stone Cutter sat down on his white stone bench. He crossed his legs and rubbed his chin. He said nothing.

"Here, Grandfather," said Cinnibah, taking off her turquoise bracelet. The bracelet had been a gift from her mother, but she held it out to him. "I can give you this in payment for your help."

The Stone Cutter crossed his arms and thought to himself. He said nothing.

"Here," said the Pottery Maker, reaching under her fringed shawl and holding out a beautiful piece of pottery, "I will add this fine pot, too."

The Stone Cutter took a long, deep breath. "A broken grinding stone cannot be repaired."

Tsé bee hooghan góne' hoozk'ázíyee'. T'óó yah ajookaigo, Síníbaa' na'ídééłkid, "Shicheii, shíká 'anilyeedgoósh ná bíighah? Shité'ázíní bitsédaashjéé' yęę séłts'il. Tsédaashjéé' t'áágéedgo, naadą́ą́' deeshk'áałgo shizhé'é łees'áán bá 'ádeeshłiiłgo doo shá bee bohónéedzą́ą́ da." Síníbaa' azis abaní bee 'ályaaígíí 'ą́ą́ 'áyiilaa dóó Tsé Yitsidí tsézéí yich'į' dah yidiiłtsooz. "Díí shá hasht'e nánídléehgoósh bíighah?"

Tsé Yitsidí bikáá' dah asdáhí tsé łigai bee 'ályaago dóó nineezgo dah sitą́ą́ léi' yikáá' dah neezdá. Bijáád ałk'i sinilgo 'áyiilaa dóó biyaats'iin yídeesnii'. Doo yáłti'góó sidá.

"Na' shicheii," níigo Síníbaa' bilátsíní dootł'izhii bee 'ályaaígíí 'ádeidiitą́. Bílátsíní 'éí bimá beinítą́ą́ nít'ę́ę́, nidi Tsé Yitsidí yich'į' dah yidiitą́. "Shíká 'adíilwołígíí bik'é díí naa nishtįįh."

Tsé Yitsidí 'ałnádéesnii'go nitsékees. Doo yáłti'da.

"Na'," níigo Hashtł'ish Yee 'Ásaa' Íłł'íní bidáábala yiyaadóó 'ásaa' nizhóní léi' hashtł'ish bee 'ályaaígíí hayíí'ą́ą́go yich'į' dah yidii'ą́. "Díí 'ásaa' nizhónii 'ałdó' bóóltxą' dooleeł." Tsé Yitsidí t'óó hazhóó'ígo yéego náhididziih. "Tsédaashjéé' sits'ilígíí 'ałhiih ná'níiłgo doo bee bohónéedzą́ą́ da."

Cinnibah slumped against the wall, tears rising to her eyes. The Stone Cutter had been her last hope.

"But," the Stone Cutter continued, a faint smile twitching the corners of his mouth, "I do occasionally make new grinding stones."

"Oh, do you, Grandfather?" she said, racing forward and catching his hand.

Joy and relief flooded her face. "Do you?"

"A little girl like you deserves a new set of grinding stones," said the Stone Cutter kindly. "But I will not accept the gifts."

He reached under his bench and pulled out a sturdy, new grinding stone.

"This is yours, Grandchild."

Cinnibah took the new metate and rubbed her fingers over the smooth stone. "I promise I'll never drop this one," she said, smiling at him.

The Stone Cutter chuckled. "Stone lives forever, no matter how many small pieces it is shattered into. The people call me the Stone Cutter because I chisel stone into many forms and shapes. But chiseling and sanding new metates to share with others is the greatest joy of all.

Cinnibah hugged the Stone Cutter. "Thank you," she said.

Síníbaa' éí t'óó hooghan yíniidáago binák'eeshto' éí binák'eegi ná'oolzhish. Tsé Yitsidí 'éí ts'ídá 'akée'di ya'oozlíí' nít'ę́ę́'.

"'Áko nidi, łahda 'éí tsédaashjéé' 'ániidíígíí 'ash'įįh," ní Tsé Yitsidí, bidaa' bibąąhgi 'éí yiyoołdlohgo. "Da' ni, shicheii?" níigo Síníbaa' Tsé Yitsidí yich'į' dah diilwod dóó yíla' yisił. Ił hózhǫ́ǫ́ dóó bik'i hooldooígíí t'áá'awołíbee biniijį' bik'i niildoh. "Da' ni?" ní.

Tsé Yitsidí bił ahojooba'go 'ání, "'At'éé yázhí nigi 'át'éi tsédaashjéé' dóó tsé daashchíín 'ániidíígíí bee hólǫ́ǫgo 'ál'į̌. 'Áko nidi bik'e shich'į' na'ílyéego 'éí dooda." Bikáá' dah asdáhínééz yikáá' dah sidáhígíí yiyaa 'adoolnii' dóó 'áádę́ę́' tsédaashjéé' 'ániidí léi' nitł'izgo 'ályaago hayíí'ą́. "Díí 'éí ni dooleeł, Shitsói," ní.

Síníbaa' tsédaashjéé' 'ániidíígíí néidii'ą́ą́ dóó dadilkǫǫhígóó yídeesnii'. "Díí ts'ídá doo nideeshniił da," níigo 'ádeehadoodzíí', Tsé Yitsidí yich'į' yidlohgo.

Tsé Yitsidí t'óó ch'ídeeldlo'. "Tsé 'éí hool'áágóó hólóonii 'át'é, haashį́į́ daníłyázhíjį' diitxah nidi. Diné Tsé Yitsidí yee dashózhí, háálá tsé hahashne' dóó hahashkaał áádóó t'áadoo le'é nidahalingo 'ádaashłe'go biniinaa 'éí shízhi. Áko nidi, t'áá háida tsédaashjéé' 'ániidíígíí bá hasht'e' neheskaał dóó yishch'iishgo 'éí ts'ídá 'aláahgo baa shił hózhǫ́."

Síníbaa' éí Tsé Yitsidí yinázhchid, "Ahéhee'," níigo.

Cinnibah and the Pottery Maker left the Stone Cutter's dwelling.

They set out on the mountain path, back toward the Pottery Maker's home. After they had walked for a few minutes, Cinnibah said, "I will catch up with you, Grandmother." Then she darted off the path and carefully placed the pieces of her broken metate on the mountainside, in a spot where no one would ever find them.

When Cinnibah caught up with the Pottery Maker, she found her standing at the edge of a deep clay pit.

"This is where I dig my clay for making potteries. You can find your way from here without me." The Pottery Maker reached under her shawl and gave Cinnibah the pot she had offered to the Stone Cutter. "Use this to store your blue maize."

Cinnibah took the pottery and waved good-bye.

"Ahéhee', hágoónee', Másání."

Síníbaa' dóó Hashtł'ish Yee 'Ásaa' Ííł'íní Tsé Yitsidí yighandóó dah dii'áázh áádóó Hashtł'ish Yee 'Ásaa' Ííł'íní yighangóó dah nídiit'áázh. Dził bąąhgóó 'atiinígíí yikáá' nikiní'áázh. Díkwíí shį́į́ dah alzhinjį' yi'ashgo, Síníbaa' ání, "Shimá sání, hodiina'go nídeeshłáął." Áádóó 'atiinígíí yits'áswod dóó dził bąąhgi tsédaashjéé' bizéí yę́ę́ nááná ła' da doo yik'ídínóotaałígi hazhó'ígo ni'niiníjaa'.

Síníbaa' Hashtł'ish Yee 'Ásaa' Ííł'íní yélwodgo, hashtł'ish haagééd léi' yidáa'gi sizį́įgo yik'íníyá.

"Kwe'é 'éí hashtł'ish, ásaa' bee 'ásh'inígíí, hanáháshgo'. Kodóó t'áá sáhí náádáałgo bííníghah." Hashtł'ish Yee 'Ásaa' Ííł'íní bidáábala yiyaa 'adoolnii'go hashtł'ish yee 'ásaa' áyiilaa yę́ę, dóó Tsé Yitsidí ch'ééh yeiyí'aah yę́ę Síníbaa' yeiní'ą́. "Díí 'éí naadą́ą́' dootł'izhí yik'ą́ągo bii' shíníłjaa'go choidííł'įįł."

Síníbaa' ásaa' hashtł'ish bee 'ályaaígíí néidii'ą́ą dóó dah nideesnii', "Ahéhee', hágoónee', Shimá sání," níigo.

The sun was about to set as Cinnibah continued on her journey alone. She had been walking for less than half an hour when she heard the whinny of a horse. Cinnibah turned her head and saw her father on horseback. He rode his prancing pony and led a smaller, spotted pony by a rope.

"Cinnibah," he called. "Where have you been?"

Cinnibah held up the new metate for him to see. "I broke our grinding stone. I needed to find a new one so I could make bread."

K'adęę 'e'e'aahgo Síníbaa' t'áá sáhí dah náádiidzá. T'áá yigáałgo tádiin dah alzhin t'áá bich'į'ídóó 'o'oolkidgo, t'ah nít'ę́ę́' łį́į́' áníigo yidiizts'ą́ą́'. Síníbaa' naazghaalgo bizhé'é łį́į́' bił yildloshgo yiyiiłtsą́.

Biłé'é yázhí dah na'alzhiishígíí bił yildlosh dóó łé'é yázhí likizh dóó t'áá 'áłts'ísí léi' tł'óół yee yoolóós.

"Síníbaa'," níigo bizhé'é bich'į' hadoolghaazh. "Háadishą́ nanináá nít'ę́ę́'?"

Síníbaa' tsédaashjéé' ániidíígíí bizhé'é yidínóoł'įįł yiniiyé dah yidii'ą́. "Nihitsédaashjéé' yę́ę́ séłts'il. 'Ániidígíí ła' hánćtxą́ą́', łecs'áán 'ádeeshłííł biniiyé."

Father turned the new metate over in his hands. "This is very special," he said. "But, my little girl, you should not have walked off without telling me. I worried when I came home and didn't find you."

"I thought you might be angry," said Cinnibah, staring at the ground.

Father reached down and swung Cinnibah up onto the smaller pony. "I would not have been upset. Your mother's metate was old and almost worn through. That is why it broke so easily."

"Well, we have a new metate now," she said laughing.

"And father, I met the nicest people today! A grandmother helped find my way around, and she made delicious stew and fried bread for me, and she …"

Father chuckled. "This sounds like a long story."

"It is," agreed Cinnibah, rubbing her eyes and yawning. "I'll tell you about it when we get home."

Father drew the reins between his strong fingers. They set off together on the dancing ponies.

"Giddy-up, horsey, giddy-up," she said in a happy way.

Bizhé'é tsédaashjéé' ániidíígíí náyoo'áál. "Díí 'ayóo 'íłíinii 'át'é," ní. "Nidi, Shiyázhí, doo 'éí t'áadoo shił hólne'é dah didíínáał da nít'ę́ę́'. Hooghandi nánísdzáago ch'ééh haninétą́ą́'go nich'į' shíni' íí'áá nít'ę́ę́'."

"Ei shį́į́ náhodoochį̨įł nisin nít'ę́ę́'," ní Síníbaa' t'óó yaago déez'įį'go.

Bizhé'é łe'é yázhí t'áá 'ach'į' áníłtsooígíí yikáa'jį' habííłch'ą́ął. "Doo 'éí baa hoshishkée da doo nít'ę́ę́'. Nimá bitsédaashjéé' éí 'ałk'idą́ą́' nikideidii'ą́ą́ dóó k'adę́ę̨ biníkázháásh nít'ę́ę́'. Éí biniinaa doo nanitł'agóó sits'il.

"Jó k'ad éí tsédaashjéé' ániidíígíí nihee hazlį́į́'," níigo Síníbaa' anádloh. "Áádóó, shizhé'é, jį́įdą́ą́' diné 'ayóo bá'ádahwiinít'į́į́ léi' bił ałhéédahosiszį̨įd! Amá sání léi' shá hoo'į̨įgo bikéé' tádííyáá dóó 'atoo' dóó dah díníilghaazh ayóó 'áhálniihgo ła' shá 'áyiilaa, dóó--"

Bizhé'é ch'ídeeldlo'. "Díí hane' baa hane'go t'áá hodidoonaał nahalin."

"Aoo', t'áá'aaníí 'ákót'é," níigo Síníbaa' bináá' yídiniyishgo nídiich'ah. "Hooghandi nániit'áazhgo bee nił hodeeshnih." Bizhé'é bilázhoozh bidziilígíí yee 'azáát'i'í yiyiiłtsood. Łe'é yázhí t'áá'áłah bił dah na'alzhiishgo bił nikeeldloozh.

Síníbaa' bił hózhǫǫgo "Txį', łe'é yázhí, txi," ní.

Since the beginning of time, grinding stones have been extremely important to my people. Traditionally, corn was a staple of our diet, and many aspects of Navajo life centered on the planting and tending of the *dá'ák'eh* (cornfield). Grinding stones, which transform the hard kernels of corn into flour, were therefore a vital part of Navajo life.

The sacredness of the stone, however, comes from its use in the *Kinaaldá* (puberty ceremony). The *Kinaaldá* is the observance of a girl's transition into womanhood, which marks her ability to produce life. During the ceremony, the young woman grinds corn to make a cake that is eaten by all the people in attendance.

Because of its use in the *Kinaaldá*, the grinding stone is treated with high respect. In *The Stone Cutter and the Navajo Maiden*, Cinnibah carefully places the pieces of her broken grinding stone on the side of the mountain. She does this because the pieces of stone are sacred and should not be casually thrown away. Rather, they should be returned to a place where they will not be disturbed.